La papaothèque

Castor Poche
Collection animée par
François Faucher, Hélène Wadowski
et Martine Lang

Titre original :

THE DAD LIBRARY

Une production de l'Atelier du Père Castor

DENNIS WHELEHAN

LA PAPAOTHÈQUE

Traduit de l'anglais par HERVÉ ZITVOGEL

Illustrations de Tim Archbold

Castor Poche Flammarion

Dennis Whelehan

L'auteur est né en 1931 et vit aujourd'hui à Londres, qui est à ses yeux « la plus agréable à vivre de toutes les villes du monde. » Longtemps enseignant, aujourd'hui en retraite, il garde le contact avec les enfants en écrivant pour eux. *La papaothèque* est son premier titre – « à l'exception d'une thèse, jadis, qui a eu nettement moins de succès et infiniment moins de lecteurs ! »

« L'idée de cette aventure m'est venue, dit-il, parce que j'aime les bibliothèques et que je suis moi-même un papa – même si mes enfants ne sont plus des enfants. Les deux m'ont paru aller ensemble ! »

La papaothèque a été couronné par le Sheffield Book Award 1998.

Hervé Zitvogel

Le traducteur : « Une papaothèque, quelle riche idée ! Encore que, à l'âge de Joseph, j'aurais sans doute mieux aimé une frèrothèque-sœurothèque, sans parler d'une professeurothèque... Mais l'aventure de Joseph, pas si concluante en somme, me plonge dans un abysse de réflexion. Et si l'idéal était plutôt quelque chose comme une moimêmothèque ? Je ne détesterais pas, pour voir, me changer provisoirement en moi-même réponse à tout, en moi-même génie de l'organisation ou en moi-même de compétition ! Mais déjà mon chat m'a prévenu : il me préfère en maître ordinaire. »

Tim Archbold

L'illustrateur est né en 1961 dans le Northumberland. Il a choisi de vivre, avec sa femme et leurs deux jeunes enfants, près de la frontière écossaise. « J'y trouve, dit-il, le meilleur des deux mondes : la paix des champs et le whisky écossais. »

Illustrateur depuis une douzaine d'années, Tim Archbold travaille pour la presse et pour l'édition, surtout enfantine, « parce que c'est un défi et que j'adore tout ce qui est drôle. » (Ses dessins ne le contredisent pas.) Depuis peu, il écrit aussi – et, comme son brin de plume semble aussi cocasse que son coup de crayon, affaire à suivre !

Hervé Tullet

L'illustrateur de la couverture est lui même le papa de deux enfants, et dessine beaucoup pour les tout-petits.

1. Un papa pas parfait du tout

L'après-midi s'achevait.

Tout était si tranquille, à la bibliothèque, qu'on aurait pu entendre une mouche faire sa toilette.

À genoux sur la moquette râpée, dans le coin des encyclopédies, Joseph tournait sans bruit les pages d'un gros ouvrage.

Il attendait son papa.

Ou, plus exactement, il ne l'attendait pas. Il était bien trop absorbé par *La Grande Aventure du football*. C'était un livre géant, qui racontait toute l'histoire du foot avec des flopées d'images.

Joseph contemplait la photo d'un superbe

retourné quand un coup de klaxon dans la rue transperça le silence.

— C'est ton papa, annonça Lila, le nez à la fenêtre.

Lila était dans la même classe que Joseph. Elle savait toujours tout, toujours avant tout le monde.

Elle reprit son *Guide du cheval* et ajouta :

— Il a l'air drôlement pressé, dis donc !

— Pressé ? grogna Joseph. Il est comme ça tout le temps. Tu sais ce qui serait génial ? Pouvoir changer de papa quand on veut, comme on change de livre de bibli. Comme ça, on les essayerait tous...

Dommage que ça n'existe pas, une bibliothèque à papas !

Lila prit un petit air mystérieux.

— Une papaothèque, tu veux dire ? Oh, mais ça existe, tu sais.

C'est vrai ? voulut demander Joseph. Où ça ? Mais il n'eut pas le temps : déjà son père entrait en trombe, cravate au vent, et traversait la salle au pas de charge.

— Vite ! dit-il en refermant sous le nez de Joseph *La Grande Aventure du football.* Perdu un temps fou... Embouteillages... Foncer...

Il casa le volume à la diable sur la première étagère venue, empoigna son fils par un bras et l'entraîna vers la sortie sans presque lui laisser toucher terre.

Joseph avait beau savoir que son père n'était même

pas en colère, rien ne l'exaspérait plus que d'être enlevé comme un paquet.

Par la fenêtre ouverte, Lila les regarda dégringoler les marches.

— On reparlera de ça demain! lui lança Joseph au passage.

Son père l'enfourna dans la voiture.

— 'Ttention les doigts...'Ttache ta ceinture!

Et bang! il claqua la portière.

Comme tous les soirs depuis trois soirs, ils

filaient à la clinique, où la maman de Joseph se remettait d'une appendicite. Comme tous les soirs depuis trois soirs, le papa de Joseph essaya de faire conversation.

— Alors, quoi de neuf à l'école?

— Boh, rien... Mais il était super, ce bouquin sur le foot, à la bibli. Dommage qu'on n'ait pas le droit d'emprunter les gros livres. Ce serait bien si on pouvait avoir le même à la maison...

— Alors c'est parfait, répondit son père, les yeux sur la route. Continue à bien travailler.

Toujours pareil : il n'écoutait pas. Même la maman de Joseph le disait. «Autant parler au chat», soupirait-elle parfois.

— J'aimerais bien l'avoir, moi, ce livre, marmotta Joseph. Pour mon anniversaire, par exemple. Et aussi un VTT 16 pouces, 18 vitesses indexées.

Ah, qu'on devait être heureux avec un papa généreux, un papa qui achetait tout ce qu'on voulait, quand on le voulait! Un papa gâteau, comme on disait dans les livres.

À cet instant, l'estomac de Joseph fit entendre un joyeux gargouillis.

— Au fait, qu'est-ce qu'on mange, ce soir ? s'informa Joseph, plein d'espoir.

Son père lâcha le volant d'une main pour se taper le front un grand coup.

— Et zut ! Je le savais bien que j'oubliais quelque chose : les courses ! Complètement oublié de faire les courses...

Joseph eut un soupir résigné.

— Bah, on trouvera bien une boîte.

Comme tous les soirs depuis trois soirs.

Ah, qu'on devait être heureux avec un papa qui pensait à tout – à faire les courses et la cuisine, un papa jamais débordé, un papa bien organisé !

Trouvait-on ce genre de papas à la papaothèque de Lila ?

Le temps d'arriver à la clinique, et l'heure des visites prenait fin.

La maman de Joseph les attendait tous deux, assise dans son lit – pour la première fois depuis trois soirs.

Et, pour la première fois depuis trois soirs, elle s'était faite toute jolie, avec ses cheveux relevés.

— Alors, vous deux, dit-elle, ça va ? Vous vous en sortez bien ? J'espère qu'au moins

vous ne mangez pas n'importe quoi. Et pas seulement des conserves, n'est-ce pas ?

— Aucun problème, dit le papa de Joseph.

— On se régale, assura Joseph.

Elle les observa tous deux.

— Ho-hum ! c'est vrai, ce mensonge ? Tel père, tel fils, à ce que je vois !

*

Plus tard dans la soirée, après les raviolis, Joseph s'attaqua à ses devoirs.

Ce sujet de rédaction sur les grands explorateurs ne l'inspirait vraiment pas.

Il appela son père à la rescousse.

— Papa, le capitaine Scott, qu'est-ce qu'il a fait, au juste ?

Son père ne leva pas les yeux de son journal.

— Euh, il a découvert le pôle Sud... Attends, ou peut-être le pôle Nord ? Je ne sais plus.

Ah, qu'on devait être heureux avec un papa calé en tout, un papa incollable !

*

Au beau milieu de la nuit, Joseph eut un cauchemar. Un petit cauchemar de rien du tout, mais il appela tout de même.

— Papaaa ! Au secours !

Son père accourut, titubant de sommeil, et s'assit sur le bord du lit en clignant des yeux.

— Allons, allons, calme-toi. Tu as fait un mauvais rêve, c'est tout. Qu'est-ce que c'était donc, cette fois ?

— Des ti-igres, bredouilla Joseph.

— Bon, c'est toujours mieux que des dragons. La prochaine fois, ce sera des chatons.

— Ou des gentils moutons, dit Joseph.

— Ou des canetons jaunes, qui sait?

Joseph rit et ferma les yeux. Tout allait bien.

Son père posa une grande main sur son bras et resta assis là sans rien dire.

Joseph ne l'entendit pas repartir.

*

Le lendemain matin, tout alla de travers.

— Et mes sandwichs de midi? demanda Joseph en ouvrant le frigo. Où ils sont? Tu me les as faits à quoi?

— À rien. Tu sais bien : pas de pain. Tu mangeras à la cantine.

— Beurk, fit Joseph en se serrant le cou à deux mains.

Et il tira une langue d'étranglé.

— Pour une fois, tu n'en mourras pas. C'est seulement pour aujourd'hui.

— Mouais. Comme hier. Et comme avant-hier.

Et, comme hier et comme avant-hier, le

lait sortait d'une boîte de poudre, et c'était de l'écrémé, en plus !

À l'heure de partir pour l'école, le père de Joseph se gratta le crâne.

— Tu ferais bien de mettre tes bottes. Il pleut des bœufs les cornes en bas.

Joseph alla au placard sous l'escalier et donna un bon coup de poing dans la porte. C'était l'unique moyen de l'ouvrir.

Le battant céda en miaulant. Joseph adorait ce détail.

Il enfila ses bottes et son père s'écria :

— Holà ! mais tu as oublié de te donner

un coup de peigne. Regarde-moi cette meule de foin !

Et, décrochant la brosse à habits, il fit mine de recoiffer Joseph.

Joseph rentra le cou en riant. C'était leur petite blague rituelle.

Tous deux sortirent sur le seuil. La pluie ne mollissait pas.

Joseph prit sa plus petite voix :

— Tu pourrais m'emmener en voiture?

Son père jeta un coup d'œil à sa montre.

— Écoute, il ne faut pas m'en vouloir, mais je suis déjà tellement en retard! Tu sais combien ça me rallonge, avec tous ces sens uniques. Alors qu'en courant un peu tu en as pour deux minutes.

— Dans deux minutes, ronchonna Joseph, je serai bon pour l'essorage.

Son père ferma la porte à clé.

— Allez, Jo. À ce soir, à la bibliothèque! Cinq heures précises. Belle journée, et sois sage.

*

Le temps d'arriver à l'école et Joseph avait tout d'une loutre.

Au vestiaire il trouva Lila, toute sèche de la tête aux pieds. On l'avait conduite en voiture, elle !

— Tu tombes à pic, l'aborda Joseph. Tu vas pouvoir me dire où elle est, ta fameuse papaothèque !

Il n'attendrait pas un jour de plus, ça non ! Son père était vraiment au-dessous de tout :

— plus rien de mangeable à la maison ;

— aucun secours pour les devoirs ;

— pas le plus petit sandwich pour midi ;

— pas de voiture pour l'école sous le déluge !

Lila eut un petit sourire énigmatique.

— Je t'y emmènerai à la sortie.

*

L'après-midi même, après la classe, Joseph suivit Lila à la bibliothèque. Mais, au lieu d'entrer par la grande porte, ils contournèrent le bâtiment.

Là, il y avait un petit jardin avec des bancs et des massifs, et tout au fond, derrière des arbustes, étincelait une longue caravane.

Les fenêtres étaient toutes rondes, pareilles aux hublots d'un paquebot.

Quatre marches de bois menaient à la porte ouverte.

— C'est là? demanda Joseph, un peu inquiet soudain.

— C'est là, répondit Lila. La voilà, ta papaothèque. Amuse-toi bien!

Et elle s'éclipsa comme un chat.

2. Un papa génie de l'organisation

Joseph gravit les marches et entra.

La dame à la réception décapuchonna son stylo.

— Nom et adresse? dit-elle à Joseph en guise de salut.

Elle portait un grand chapeau de paille couvert de fruits en plastique. Des lunettes roses en forme de cœur pendaient à son cou, au bout d'une chaînette.

— S'il vous plaît, demanda Joseph. Combien de papas est-ce qu'on a le droit de sortir à la fois?

La dame eut un petit hochement de tête

et ses lunettes, dociles, se perchèrent sur son nez.

— Un seul, répondit-elle. Et attention à bien le rendre à temps ! Les amendes sont astronomiques : au premier jour de retard, toute une année d'argent de poche.

Elle pianota sur le clavier de son ordinateur et tendit à Joseph une carte à son nom, dans un porte-cartes de plastique vert.

Joseph remercia et s'aventura entre les rayons.

Des papas, il y en avait des dizaines, tous debout, bien alignés, dans des présentoirs surélevés.

De grands panneaux suspendus jalonnaient les allées :

Papas sportifs.

Papas organisés.

Papas musiciens.

Papas jardiniers.

Papas calés.

Papas de vacances.

Papas comme-tu-voudras...

Joseph inspecta de plus près le premier des papas sportifs.

Papa de compétition, assurait le panonceau. Éblouissant dans son jogging orange fluo, il trottinait sur place tout en faisant des têtes avec un ballon de foot.

NE PAS PARLER AUX PAPAS, prévenait une pancarte, mais Joseph passa outre.

— Moi aussi, dit-il, je fais du foot. À l'école. Comme gardien de but.

— Entraîne-toi bien, chouff, chouff, haleta le papa de compétition en contrô-

lant son souffle. Debout à l'aube, chouff. Trente kilomètres, chouff, de cross par jour, chouff. Douche froide matin, chouff, midi et soir, chouff, chouff.

Joseph s'éloigna sur la pointe des pieds.

De toute façon, ce papa-là n'était sûrement pas de ceux qui aiment shooter dans un ballon, le dimanche, au square d'en face...

Il alla plutôt fureter du côté des *Papas organisés*.

Le choix était remarquable. Il y avait là des papas en bleu de travail, en uniforme, en complet-veston, en tenue de pilote ou de cosmonaute, en blouse de peintre ou de pharmacien.

Il y en avait avec des marteaux, des perceuses, des scies, de petites serviettes de cuir ou des téléphones mobiles.

Après deux tours complets du rayon, Joseph opta pour un papa dont toutes les poches débordaient d'objets utiles – tournevis, crayons de couleur, bouts de ficelle, rouleaux d'adhésif...

Papa génie de l'organisation, clamait l'affichette.

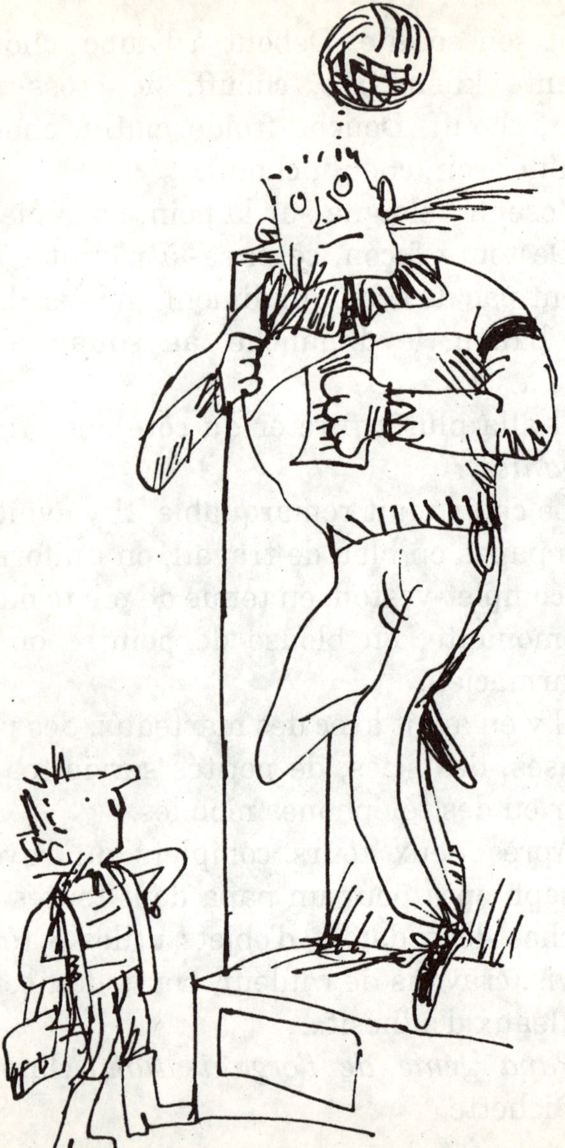

Joseph emmena l'élu vers la dame au chapeau à fruits. Une fois de plus, d'un savant coup de tête, elle percha ses lunettes sur son nez, puis elle tamponna la carte accrochée au papa d'emprunt.

C'est l'instant que choisit le vrai papa de Joseph pour faire irruption dans la papaothèque.

Mais il eut à peine le temps de bredouiller « Pas en avance... Embouteillages... Foncer... »

La dame au chapeau l'empoigna et le fourra dans le chariot où les papas rapportés depuis peu attendaient leur remise en place.

*

Sitôt dans la rue, le papa organisé tendit un walkie-talkie à Joseph et déclara :

— Le premier secret de l'organisation, c'est une communication bien pensée.

— Euh, est-ce qu'on pourrait faire les courses ? suggéra Joseph poliment. À la maison, le frigo est vide.

Le génie de l'organisation tira de sa poche une liste d'emplettes longue d'un mètre.

— On y va, dit-il d'un ton décidé.

À l'entrée de la supérette, il confia le chariot à Joseph et s'élança au pas de charge le long de l'allée.

Trente secondes plus tard, le walkie-talkie de Joseph crépitait.

— Paré pour recevoir cargaison ?

— Euh, oui, balbutia Joseph.

— Envoyez !

Alors les paquets de muesli, les sachets de pâtes et les boîtes de thé se mirent à pleuvoir sur Joseph, qui avait fort à faire pour les saisir au vol.

Tout fameux gardien de but qu'il était, il laissa passer un pot de miel qui alla s'écraser au sol avec un grand floutch poisseux.

Un bocal de cornichons faillit subir le même sort, mais Joseph le bloqua de justesse en plongeant de tout son long.

Le papa organisé réapparut.

— Paré pour cueillette mobile ?

L'instant d'après, aux commandes du chariot, le génie de l'organisation rasait les rayons à vive allure tandis que Joseph, tapi à l'intérieur, fusait comme un diable à ressort pour cueillir les articles au passage.

Par bonheur, la supérette était des plus calmes à cette heure. Malgré quoi, de loin en loin, Joseph et son papa d'emprunt slalomaient autour d'une vieille dame pétrifiée, ou zigzaguaient pour éviter quelque chariot mal garé. Du grand sport !

Joseph s'amusait ferme. Jamais faire les provisions n'avait été aussi drôle. Jamais les *courses* au supermarché n'avaient si bien mérité leur nom !

— Dentifrice Croc-blanc ! lançait le génie de l'organisation. Savon Bulmouss !

Et Joseph fondait sur l'article, vif comme une langue de caméléon.

— Lessive Ziglub !

Joseph saisit un paquet à la diable dans une pyramide savante.

La pyramide frémit, oscilla, et s'affaissa mollement sur sa base comme un immeuble dynamité.

Mais Joseph et son complice croisaient déjà le long du rayon des brosses à vaisselle.

À la caisse, le papa organisé déchargea et rechargea le chariot en un temps record. Et il avait déjà la monnaie toute prête : sa calculette indiquait le montant exact des achats.

Ce soir-là, le papa organisé dressa pour Joseph un programme complet de sandwichs de midi pour les deux ans à venir. Et il prépara une grande platée de quelque chose qui sentait bien bon.

— Qu'est-ce que c'est? s'enquit Joseph en inspectant la mixture.

— Un cent-fois-bon.

— Qu'est-ce qu'il y a dedans?

— Des tas de bonnes choses : du riz, du maïs, du jambon, des crevettes, de l'ail, des oignons, des poivrons, des tomates, des petits pois, de la pomme, de l'ananas, de la papaye, de la mangue, des raisins secs, des amandes, du curry, du gingembre, de la cannelle...

— Jamais je n'aurais pensé qu'on pouvait mélanger tout ça!

— Il suffit d'être organisé. C'est un merveilleux plat gain de temps : entrée, plat principal et dessert.

Le plus fort est que c'était bon.

*

Le lendemain, au saut du lit, le papa organisé mit de l'ordre dans tous les tiroirs, armoires et rangements de la maison.

Il s'énerva en voulant ouvrir le placard sous l'escalier.

Il avait beau tirer, pousser, la porte restait close.

— Facile, lui dit Joseph.

Il donna un bon coup de poing à l'endroit stratégique. Le battant s'ouvrit de lui-même avec un miaulement plaintif.

— Tst, tst! Pas tolérable, marmotta le papa organisé.

Et il empoigna ses outils.

— Oh, pas la peine! s'écria Joseph. Pas grave, puisqu'on l'ouvre quand même.

Il l'aimait bien, ce placard magique. Et, pour impressionner les amis, c'était le truc idéal.

— En plus, il est comme ça depuis toujours...

— Raison de plus, trancha le papa organisé.

À son retour de l'école, au moment de prendre ses pantoufles, Joseph vit le placard s'ouvrir de lui-même, sans regimber, sans miauler, comme n'importe quel placard stupide.

*

Ce qu'il y avait de merveilleux, à la papaothèque, c'était que rien n'obligeait à garder un papa dont on commençait à se lasser.

Cet après-midi-là, sitôt après le goûter, Joseph fila à la papaothèque pour échanger le papa organisé contre un autre.

Au passage, au fil des allées, il jeta un coup d'œil à la section *Papas ordinaires*. Sûrement, c'était dans ce rayon-là qu'on avait rangé son père.

Mais le rayon était vide.

À la réserve, combien je parie, se dit Joseph sans s'affoler.

Car enfin, qui pouvait vouloir d'un papa des plus ordinaires, alors que tant d'autres, prometteurs, n'attendaient que d'être empruntés ?

3. Un papa réponse-à-tout

Cette fois, Joseph porta son choix sur un modèle de la section *Papas calés.*

Papa réponse-à-tout, promettait le panonceau.

— Tu voudras bien m'aider à faire mes devoirs ? demanda Joseph à ce nouveau papa, sur le chemin de la maison. J'ai une rédac à faire pour jeudi. Sur les grands explorateurs. Le capitaine Scott, tu connais ?

Le papa calé referma le dictionnaire dont il se repaissait en marchant.

— Si je connais ? Je sais *tout* sur le capitaine Scott. Tout ce qu'il y a à savoir, du moins. Je suis docteur en philosophie, en

histoire et géographie, en chinois, en hébreu, en latin, en grec et en vieux dravidien. Et aussi docteur en mathématiques, en physique, en ingénierie mécanique, en...

Mais pas docteur en modestie, se dit Joseph en jetant un coup d'œil à ce crâne d'œuf surmonté d'aigrettes de hibou, pareilles à celles des savants fous dans les bandes dessinées.

Un quart de seconde, Joseph hésita. Peut-être était-il encore temps d'aller échanger, vite fait, cette espèce de grand vantard avec ses mots à rallonge?

Mais il était sans doute trop tard. Ils risquaient de trouver porte close.

Peu après, au coin de la rue, ils tombèrent sur un embouteillage monstre. Une voiture était en panne au milieu de la chaussée. Plus rien ne pouvait passer.

Sous le capot ouvert, deux malheureux garagistes transpiraient à grosses gouttes.

Joseph se tourna vers le réponse-à-tout. Il avait bien dit, à l'instant, qu'il était docteur en mécanique ou quelque chose de ce genre ?

— Tu pourrais faire redémarrer ce moteur ?

— Comment ça ?

— Puisque tu es calé en mécanique.

— Oh, mais ma science est purement théorique, déclara le réponse-à-tout d'un air infiniment supérieur.

Joseph se retint de demander ce que signifiait « théorique ».

Il le découvrit sans tarder.

*

Sitôt à la maison, Joseph courut à sa chambre.

Il en redescendit avec une petite brassée de jouets cassés que son vrai papa promettait toujours d'essayer de réparer « un jour ».

Sûrement, un expert en mécanique pouvait les remettre en état?

— Tu crois que tu pourrais réparer ma petite locomotive à vapeur, s'il te plaît? Elle a les roues coincées à mort.

— Aha! s'écria le réponse-à-tout. La machine à vapeur! L'invention qui a révolutionné l'économie au XIXe siècle. C'est à elle que nous devons l'essor prodigieux de l'industrie. Quant au chemin de fer...

— Et cet avion ? coupa Joseph en tendant son Spitfire au 1/30e, un peu ébréché à l'aile.

— En matière d'aéronautique, ce sont les frères Wright qui, les premiers...

— Il y a aussi mon petit manège, interrompit Joseph. Il ne tourne plus que très, très lentement. C'est peut-être le ressort qui...

— Manège de chevaux de bois. Attraction foraine très en vogue au début du XXe siècle, récita le réponse-à-tout. Les montures y sont disposées circulairement autour d'un axe, lequel...

Alors, avec un gros soupir, Joseph alluma la télévision et se blottit sur le canapé pour échapper à ce dictionnaire parlant.

Par chance, c'était l'heure de *Qui sait ?*, son émission favorite, un jeu de questions-réponses.

Mais le papa calé ne laissa pas même le meneur de jeu achever de poser la première question :

— *De quelle année au juste date cette invention précieuse, le crayon muni d'une gomme au bout : 1934 ? 1858 ? 1967 ou...*

— 1858, laissa tomber le réponse-à-tout.

Peu après, l'animateur confirma :

— *Eh non, ce n'est pas 1934! C'est en 1858, aux États-Unis, qu'a été déposé le brevet...*

— Bien deviné! s'écria Joseph, comme il le disait toujours à son vrai père en pareil cas.

— Comment ça, bien deviné? bougonna le réponse-à-tout. Le hasard n'y est pour rien : je le savais! C'était le 30 mars 1858. L'année où a été inventé aussi le frein hydraulique...

Il en marmonnait encore lorsqu'une question fit bondir Joseph :

— *Comment s'appelait la mascotte de la Coupe du monde de football 1998?*

— Footix! hurla Joseph.

— 1998. Seizième Coupe du monde de football, enchaîna le réponse-à-tout. Trente-deux participants. Finale au Stade de France, Saint-Denis, le 12 juillet 1998. Créée en 1928, disputée pour la première fois en 1930, la Coupe du monde de football, ou Mondial, a lieu tous les quatre ans. Lors de la première édition, à Montevideo, en 1930, l'Uruguay l'emporte en finale

contre l'Argentine, 4 à 2. En 1934, à Rome, l'Italie l'emp...

— À propos d'Italie, coupa Joseph, je parie que tu n'as même pas vu la finale de 1990 à Rome!

— Mais toi non plus, rétorqua le réponse-à-tout.

— Évidemment : il aurait fallu être né. Mais mon vrai papa l'a vue. Même qu'il m'a donné son billet d'entrée, je l'ai dans ma chambre.

— Peu importe, dit le réponse-à-tout. J'ai vu tous les matchs en vidéo. Je peux même te dire que, cette année-là, l'Allemagne a battu l'Argentine 1 à 0; l'Italie a battu...

Joseph serra les dents et cessa d'écouter. C'était comme à l'école, en pire.

Cela dit, pour la rédaction sur les grands explorateurs, le papa réponse-à-tout tint promesse : c'est avec ardeur qu'il accepta d'aider Joseph.

— Prêt à écrire ? dit-il. On y va !

Et, tout en arpentant le séjour, une main dans ses plumets de hibou, il se mit à dicter :

— L'expédition du capitaine Scott qui tenta, en 1912, de rallier le pôle Sud constitue l'épisode le plus palpitant de l'exploration de l'Antarctique...

Suivit une litanie de faits et de dates, du tonnage du *Terra Nova* au poids de son ancre à un gramme près, en passant par le détail des vivres embarqués, sans oublier l'âge, la taille et le poids de chaque membre de l'expédition au jour du départ.

Joseph griffonnait comme un forcené, si vite qu'il en avait des crampes. Il ne comprenait pas la moitié de ce qu'il était en train d'écrire.

L'épisode le plus palpitant de l'exploration de l'Antarctique ? Le plus casse-pieds, oui, plutôt ! Le plus casse-poignet en tout cas.

Et ce diable de réponse-à-tout qui n'en finissait pas de dicter !

Au bout d'une heure, Joseph laissa échapper un bâillement.

Le réponse-à-tout poursuivait, imperturbable :

— Épaisseur de la glace, jusqu'à 4 300 m. Volume estimé, vingt-huit millions de kilomètres cubes, soit les neuf-dixièmes du total des glaces terrestres...

Mais le nez de Joseph se rapprochait dangereusement de sa feuille.

Et tout à coup, pof! il toucha le papier. Joseph dormait.

Le lendemain matin, la décision de Joseph était prise : pas question de garder plus longtemps ce papa à dormir debout !

D'un autre côté, pour les devoirs, il avait son utilité, s'avouait Joseph en rassemblant les feuillets de sa rédaction, huit pages et demie bien tassées.

Si bien qu'à l'heure du départ pour l'école, Joseph hésitait encore. Le jeudi était le jour du devoir de grammaire. Un papa réponse-à-tout pouvait rendre de précieux services. Peut-être était-il plus sage de le garder un soir de plus ?

Mais, au moment de se chausser, Joseph avisa la brosse à habits.

Il la tendit au réponse-à-tout.

Celui-ci, sérieux comme un juge, brossa les revers de sa veste et raccrocha la brosse à sa place.

— Hé ! il fallait faire semblant de me coiffer ! lui signala Joseph dépité.

— Avec une brosse à habits ? se récria le réponse-à-tout, pris de court pour la première fois.

— Oui, dit Joseph. Comme mon vrai papa. Une blague rituelle, ça s'appelle.

— Une blague ridicule, oui, plutôt, grommela le réponse-à-tout.

Joseph ne dit rien, mais c'en était trop. Tant pis pour le devoir de grammaire !

Il rapporta le réponse-à-tout le matin même, sur le chemin de l'école.

Au passage, il jeta un coup d'œil au rayon des *Papas ordinaires*.

Vide.

Toujours pas trace de son vrai papa.

Encore en réserve, sans doute, se dit Joseph pour se rassurer.

Mais un petit doute lui vint : et si son père était en prêt, malgré tout ?

Et si – savait-on jamais ? –, s'il n'était pas disponible, le jour où Joseph voudrait le reprendre ?

Bah, on verra à ce moment-là, résolut Joseph. « On ne franchit pas le gué avant d'arriver au fleuve », sa mère le disait souvent.

En attendant, Joseph savait bien quel papa choisir ensuite. Il passerait le prendre l'après-midi même, aussitôt après la classe.

4. Un papa comme-tu-voudras

Le troisième papa qu'emprunta Joseph était le dernier en rayon de sa section.

— On peut dire que tu as de la chance, dit la dame aux lunettes roses, coiffée cette fois d'un grand chapeau noir. C'est ce qui s'appelle tomber à pic : on vient juste de nous le rapporter. Ces papas gâteaux, il faut reconnaître, sont parmi les plus demandés. Pas les plus demandés de tous, mais bons seconds à coup sûr...

Et elle colla une nouvelle fiche sur la poitrine du papa choisi, parce que l'ancien-

ne était déjà bardée de tampons du haut en bas.

Papa coulant, disait la fiche.

— Samedi midi, dernier délai, précisa la dame en tamponnant la fiche.

Joseph aurait donné cher pour savoir quels pouvaient être ces papas les plus demandés. Plus convoités encore que les comme-tu-voudras ? C'était difficile à croire ! Mais il n'osa pas poser la question, de peur de chagriner son emprunt.

— Tu ressembles assez à mon vrai papa, dit-il lorsqu'ils furent dehors.

Et c'était vrai. Le papa coulant portait un vieux pull bouloché pareil à celui du papa de Joseph en week-end – son gros pull bleu et jaune avec des trous aux coudes.

— Sauf que jamais je n'élève la voix, répondit le comme-tu-voudras en riant. Jamais tu ne me verras en colère. Je suis prêt à te payer tout ce que tu voudras –

n'importe quoi, il suffit de demander. Et je te laisserai faire tout ce qui te plaira. C'est ça, un papa *coulant*.

— Ah. C'est un peu comme *cool*, alors ?

— Si tu veux. En trois fois mieux.

Sur le chemin de la maison, entre école et bibliothèque, un marchand de cycles tenait boutique. Joseph avait toujours un mal fou à s'arracher de la vitrine.

C'était l'endroit idéal pour tester un papa coulant.

— Ce que j'aimerais bien, c'est ce VTT, là, le rouge, dit Joseph en désignant le vélo le plus rutilant – le plus cher de tous.

— Comme tu voudras, dit le papa coulant en poussant la porte de la boutique.

En plus du VTT rouge (16 pouces, 18 vitesses indexées), ils achetèrent un casque profilé, un compteur kilométrique, un maillot aux couleurs du Tour de France et une sacoche de guidon en cuir.

Juste à côté, une confiserie embaumait la rue de ses odeurs de sucre tiède.

Joseph tenta sa chance :

— Mmm, ça sent plutôt bon, je trouve. Je ne détesterais pas une barre de nougat et peut-être un sachet de pralines...

— Bonne idée, dit le papa coulant.

Ils ressortirent de la boutique avec deux gros lingots de nougat, quatre ballotins de chocolats, trois sacs de caramels variés et un bocal de pâte de réglisse.

— Tu es sûr que tu ne veux rien d'autre ? s'assura le papa coulant.

— Non merci, ça ira comme ça, répondit Joseph, la bouche pleine.

Ce soir-là, des heures durant, il circula en VTT à travers toute la maison – du haut en bas des escaliers, tout autour de la cuisine et des massifs du jardin, avec retour par la porte-fenêtre et tour complet du séjour.

Il répéta l'itinéraire jusqu'à épuisement de ses forces : quatre-vingt-trois circuits en tout.

— Au fait, à quelle heure je suis censé me coucher ? demanda-t-il plus tard, beaucoup plus tard, en bâillant.

Après un dîner de réglisse, de chocolat et de nougat, il s'était calé devant la télé pour suivre le match de foot, puis le film policier de la soirée et l'émission *Passé minuit*.

— Te coucher ? Quand tu voudras, répondit le papa coulant en bâillant à pleine mâchoire.

Joseph resta debout, ou plus exactement vautré sur le canapé, jusqu'à trois heures

du matin. Et, lorsqu'il monta se coucher, ce fut pour se jeter sur le lit, tout habillé, baskets aux pieds.

Hélas, à peine endormi, il eut un cauchemar horrible : un volcan de caramel et de nougat déversait vers lui, implacable, une coulée de chocolat visqueux.

Il hurla à pleine voix :

— Papaaa !

Des ronflements lui répondirent, de l'autre côté du palier.

— Papaaa ?

Il sauta à bas du lit et alla tambouriner à la porte.

Les ronflements redoublèrent.

Alors Joseph ouvrit, il traversa la pièce, saisit l'épaule du papa coulant et secoua de toutes ses forces.

— S'il te plaît... je viens de faire un cauchemar... Un cauchemar abominable.

— Rrrmgnn, fit le papa coulant, papillotant des paupières. Oooh, sois gentil, retourne te coucher. D'accord ?

— Oui, mais tu veux bien venir dans ma chambre, t'asseoir à côté de moi le temps que je me rendorme ?

— Oooh, pitié, non, gémit le papa coulant. Sommeil... Couché trop tard... Épuisé.

Et il tira le couvre-pied sur sa tête.

Trente secondes plus tard, il ronflait plus fort que jamais.

Joseph regagna sa chambre.

Là, assis dans son lit, sa lampe allumée, il prit le temps de réfléchir.

Jusqu'ici, il avait emprunté trois papas : un génie de l'organisation, un réponse-à-tout, un comme-tu-voudras.

Chacun avait ses qualités, c'était indéniable.

Chacun faisait de son mieux, un peu comme un oncle, un parrain.

Mais aucun n'était drôle tout le temps. Et chacun était, par moments, parfaitement exaspérant.

Joseph ravala un soupir.

La vérité était que son papa commençait à lui manquer, son vrai papa qui s'y connaissait en choses importantes – les portes de placard magiques, les blagues rituelles et les cauchemars.

Le lendemain matin, à l'heure du petit déjeuner, la maman de Joseph appela depuis la clinique.

— Papa? Il n'est pas là pour l'instant, répondit Joseph lorsqu'elle demanda à lui parler.

Après tout, c'était la vérité.

— Alors comme ça, reprit sa mère, dès que je vais mieux, on m'oublie?

— Non, mais tu comprends, bredouilla Joseph, on a été très occupés...

— J'en suis bien contente pour vous, mais quand revenez-vous me voir, tous les deux?

Joseph réfléchit très vite. Puis il prit sa décision.

— Ce soir, dit-il. On vient ce soir.

*

Il s'était levé beaucoup trop tard pour passer à la papaothèque avant la classe. Mais dès la sortie de l'école, il courut d'un trait à la maison, reprit le papa coulant et le rapporta directement, avec un jour d'avance.

Cela fait, il bondit au rayon des *Papas ordinaires*.

Vide. Toujours aussi vide.

Alors il retourna vers la papaothécaire.

— S'il vous plaît, Madame... Euh, voilà : j'aimerais retirer mon vrai papa.

Elle arborait ce jour-là un casque de motard. Elle souleva la visière pour consulter l'écran.

— En principe, annonça-t-elle, on me le ramène cet après-midi. À cinq heures dernier délai.

— Chic ! glapit Joseph.

— Oui, mais attends : il est réservé. Il est réservé pour les dix-huit mois à venir.

Joseph sentit ses jambes flageoler.

— Réservé ?

— Eh oui ! C'est un papa ordinaire, tu comprends. Ce sont les plus demandés, et de loin ; or il est le seul que nous ayons. Savais-tu que c'est lui qui a le plus de succès, de tous nos papas en stock ? Pour le réserver, il faut s'inscrire sur la liste d'attente.

5. Un papa ordinaire

Joseph remplit le formulaire de réservation et consulta sa montre. Quatre heures vingt.

— À quelle heure fermez-vous, s'il vous plaît ?

— Nous? Jamais. Nous sommes ouverts vingt-quatre heures sur vingt-quatre, sept jours sur sept, Noël et premier de l'an compris.

Joseph s'affola. Et si son père n'était pas rendu avant la fin des heures de visite à la clinique? Alors il serait obligé de tout avouer à sa mère. Oh! et comment lui expliquer cette histoire de papaothèque?

Bien pire : même si son père était rapporté à temps, restaient ces dix-huit mois d'attente...

Les minutes s'étiraient, se colmataient en quarts d'heure.

À chaque instant, des enfants rapportaient leurs papas d'emprunt ; mais jamais celui qu'espérait Joseph.

Il faisait bon et chaud. L'endroit était calme. La nuit avait été fort courte... Au bout d'un moment, tout doux, Joseph s'endormit sur sa chaise.

*

Il s'éveilla en sursaut. Dehors, le jour déclinait. Une petite rousse en anorak vert discutait à grand bruit avec la papaothécaire.

— Non, expliquait celle-ci d'un ton patient, on ne peut pas renouveler l'emprunt. Pas pour ce papa-là. Il est bien trop demandé. Il est déjà réservé pour des mois, par des centaines d'enfants comme toi...

— C'est pas juste ! vagit la petite rousse, et elle se jeta par terre en tapant des pieds et des poings. C'est le plus chouette papa du monde ! Je veux le garder, je veux le garder tout le temps !

Joseph dressa l'oreille.

Le plus chouette papa du monde ?

Il devinait lequel c'était...

Tout juste !

Alors, laissant la dame au casque expliquer une fois de plus, patiemment, les règles d'emprunt des papas, Joseph se faufila vers son père, le prit par la main et souffla :

— Viens. Filons.

— Mais comment? chuchota son père. Par où?

La petite rousse sanglotait à cœur fendre. La dame au casque, agenouillée près d'elle, barrait tout accès à la porte.

Alors Joseph songea aux hublots. Il se rua sur le plus proche, il tira, poussa, cogna.

Mais les hublots étaient retenus par d'énormes pinces métalliques, comme sur les vrais paquebots. Pas moyen de les ouvrir.

— C'est coincé à mort, dit le papa de Joseph après s'être vaillamment escrimé. Pour desceller ça, bernique !

— J'ai une idée, murmura Joseph.

Et il s'élança entre les rayons, vers la section *Papas sportifs*.

Là, il eut tôt fait de trouver ce qu'il cherchait : le *Papa haltérophile*.

— S'il vous plaît, supplia Joseph. Vous voudriez bien nous aider à ouvrir un des hublots ? C'est assez urgent...

— Avec plaisir, dit l'haltérophile en pliant les bras pour s'échauffer les biceps.

Et il ouvrit le premier hublot venu,

d'une seule main, comme on ouvre un four à micro-ondes.

Joseph se hâta d'aller le replacer en rayon, puis il aida son père à se couler dehors. Par bonheur, aucun des deux n'avait le tour de poitrine de leur ami haltérophile.

Sitôt dehors, Joseph arracha du cou de son papa cette ignoble fiche de prêt.

— Plus besoin de ça. Plus jamais !

Puis ils retrouvèrent la voiture qui les attendait depuis trois jours, garée le long du trottoir, et filèrent à la clinique.

La maman de Joseph les attendait aussi, parfaitement remise, avec sa valise, prête à rentrer à la maison.

*

— Oh, que tout est bien rangé ! dit-elle en entrant dans la cuisine.

Elle ouvrit un tiroir et s'extasia :

— Miracle, tout est en ordre !

Puis elle admira d'un regard de connaisseur le contenu du frigo et de chacun des placards :

— Vous avez fait de sacrées provisions, dites donc ! Quelle bonne idée : je vais pouvoir me reposer un peu.

Joseph rangea son blouson dans le placard sous l'escalier, et la porte s'ouvrit sagement, sans se faire prier, sans miauler.

— Oho ! je connais quelqu'un qui n'a pas perdu de temps, dit la maman de Joseph, épiant son mari du coin de l'œil.

Joseph et son papa échangèrent un regard. Le papa sourit, modeste.

Joseph offrit à sa mère un chocolat oublié au fond d'une boîte, et l'informa de l'excellente note qu'il avait eue pour sa rédaction sur le capitaine Scott.

— Un peu fouillis, peut-être, avait dit le professeur. Sans parler de l'écriture. Mais au moins, on peut dire que tu as fait des recherches.

Puis Joseph enfourcha son beau VTT rouge, le vélo d'anniversaire « acheté un peu en avance, une occasion à saisir », et sa mère prit une photo pour l'album.

Il y avait des traces de roue suspectes

sur le tapis du séjour, mais elle ne fit aucun commentaire.

*

Joseph fut autorisé à se coucher un peu plus tard que d'ordinaire. C'était jour de fête, disait sa mère.

Mais comme il tombait de sommeil, il monta sagement dans sa chambre sur le coup de dix heures et demie.

Son père l'y rejoignit et s'assit à côté du lit.

— Papa, demanda Joseph à mi-voix. Ça

n'a pas été trop dur, pour toi, la papaothèque?

— Dur? non. Un peu solitaire. Et je n'ai apprécié qu'à moitié les enfants qui m'ont emprunté.

— Moi aussi, avoua Joseph, je n'ai apprécié qu'à moitié les papas que j'ai empruntés.

Une idée lui vint à l'esprit.

— Papa... À ton avis : tu crois qu'il existe une enfantothèque, un peu comme la papaothèque?

— Je n'en sais rien, dit son père. Mais je dirais oui. Oui, c'est fort probable. Si c'était le cas, c'est toi que j'emprunterais.

— Quelles sortes d'enfants on trouverait, d'après toi, dans les rayons? Il y aurait l'enfant bien élevé, je parie. L'enfant obéissant, l'enfant bon élève. L'enfant-qui-mange-de-tout, l'enfant-qui-range-sa-chambre...

— Sûrement. Et aussi l'enfant-qui-dort-à-une-heure-raisonnable, dit son père en éteignant la lampe. Tu as entraînement de foot, demain, n'oublie pas.

Joseph creusa son oreiller d'un coup de

poing. Il y nicha la tête et se tortilla pour s'enfoncer sous la couette.

— Papa, murmura-t-il. C'est toujours moi que tu choisirais, tu crois ?

— Toujours, répondit son père. Et je te garderais, qui plus est. Je dirais que je t'ai perdu et je te garderais.

— Hmm, amendes astronomiques... marmotta Joseph d'une voix pâteuse de sommeil.

Mais son père redescendait l'escalier.

Sa femme et son fauteuil l'attendaient.

Table des matières

Castor Poche

Des livres pour toutes les envies de lire,
envie de rire, de frissonner,
envie de partir loin
ou de se pelotonner dans un coin.

Des livres pour ceux qui dévorent.
Des livres pour ceux qui grignotent.
Des livres pour ceux qui croient ne pas aimer lire.
Des livres pour ouvrir l'appétit de lire et de grandir.

Castor Poche rassemble des textes du monde entier ; des récits qui parlent de vous mais aussi d'ailleurs, de pays lointains ou plus proches, de cultures différentes ; des romans, des récits, des témoignages, des documents écrits avec passion par des auteurs qui aiment la vie, qui défendent et respectent les différences. Des livres qui abordent les questions que vous vous posez.

Les auteurs, les illustrateurs, les traducteurs vous invitent à communiquer, à correspondre avec eux.

Castor Poche
Atelier du Père Castor
4, rue Casimir-Delavigne
75006 PARIS

Castor Poche, des livres pour toutes les envies de lire : pour ceux qui aiment les histoires d'hier et d'aujourd'hui, ici, mais aussi dans d'autres pays, voici une sélection de romans.

676 Les cornes du diable **Junior**

par Gary Paulsen

Bobbie est loin d'être ravie : cette année, sa cousine de Los Angeles vient l'aider à rassembler les vaches égarées. La chasse s'annonce mouvementée, d'autant que le taureau Diablo fait des siennes et que les frères Bledsoe veillent...

675 La malédiction des ruines **Junior**

par Gary Paulsen

Catastrophe ! William Crockett, archéologue responsable de fouilles au Nouveau-Mexique, a disparu ! Tout juste arrivés à San Marcos, ses enfants Katherine et Samet leur cousin Shala,se lancent à sa recherche. Ils découvriront des ruines imprégnées de mystères et de légendes...

674 Danger sur la rivière **Junior**

par Gary Paulsen

À contrecœur, Daniel se rend en minibus au camp de vacances du nid d'Aigle. Comble de malchance, il retrouve ses camarades de classe qui, jour après jour, lui mènent la vie dure. Mais tout change lorsque le minibus quitte la route et plonge dans la rivière...

673 Le tueur de Gorgone **Junior**

par Gary Paulsen

Warren Trumbull est un drôle de garçon. Avec son groin et ses oreilles pointues, il ressemble à un cochon. Un jour, l'agence de secours Prince charmant lui confie une terrible mission : exterminer une cruelle créature douée du pouvoir de transformer les humains en pierre...

672 La légende de la caverne **Junior**
par Gary Paulsen
À la recherche d'une statue indienne, Will et Sarah explorent la grotte de la Montagne Hantée. Mais deux dangereux malfaiteurs veillent, bien décidés à se débarrasser de témoins aussi gênants...

671 La Vallée du tonnerre **Junior**
par Gary Paulsen
Pendant les vacances, les jumeaux Jeremy et Jason aident leurs grands-parents à tenir le chalet familial. Bientôt, une succession d'événements étranges vient perturber la tranquilité des lieux.Les deux frères vont devoir se débrouiller seuls pour déjouer uncomplot diabolique...

658 Dans les trous, on trouve tout **Junior**
par Paul Thiès
Désiré est orphelin et personne ne veut de lui. Un jour pourtant, un personnage étrange l'adopte et lui confie une mission : prendre le sac magique et vendre des trous ! Désiré n'est pas au bout de ses surprises... Vous non plus !

657 Chasseur de stars **Senior**
par Klaus Hagerup
Qu'il est dur d'être soi-même ! A treize ans, Werner Simonsen, petit, timide, surnommé «Ver de terre», a peur des autres, du noir, de l'altitude et surtout des filles. Jusqu'au jour où Stella, star adulée d'un feuilleton américain, désire le rencontrer...

656 La société secrète **Senior**
par Henning Mankell
Joël a onze ans, presque douze. Très solitaire, il vit avec son père. Il veut découvrir son passé et celui de sa mère, absente. Pour parvenir à ses fins, il crée une société secrète qui lui permet de sortir la nuit et d'explorer les territoires inconnus du souvenir.

654 Le merveilleux voyage de Nils Holgersson à travers la Suède **Junior**

par Selma Lagerlöf

Pour s'être moqué d'un lutin de sa maison, Nils va être ensorcelé et devenir à son tour tout petit. Il accomplira un voyage extraordinaire à travers son pays, jusqu'en Laponie, tenant fermement par le cou Akka, un jars qui l'emporte dans les airs.

651 Le silence des ruches **Senior**

par Michel Le Bourhis

Lorsque Julien apprend la mort de son grand-père, il est triste. Bien sûr. Pourtant, dans ce deuil à cœur ouvert, l'espoir est là. L'espoir, ce sont les souvenirs et les secrets partagés...

650 Les rois de la combine **Senior**

par Sheila Och

Karel et Jarda ont un problème : ils sont pauvres. Comment le résoudre ? Très simple, pensent-ils, il faut gagner de l'argent : vente de tickets de tram, de vers de terre... Rien ne les arrête !

648 Victoire sur la peur **Senior**

parPhyllis Reynolds Naylor

La dernière fois que Doug a grimpé sur une corniche, il a eu la peur de sa vie. Depuis, il s'est juré de ne jamais recommencer. Pourtant, lorsque son frère disparaît dans la montagne, son courage n'a plus de limite.

644 68, boulevard Saint-Michel **Senior**

par D. Martignol-A. Grousset

La révolte gronde dans les rues de Paris en ce mois de mai 1968. Martial Manault habite au 68, boulevard Saint-Michel, au cœur des manifestations. Un soir, avec Chantal, une élève infirmière, il soigne un étudiant matraqué. Mais le jeune homme disparaît. Martial et Chantal se lancent à sa recherche au milieu des barricades.

641 Aliénor d'Aquitaine, une reine à l'aventure **Senior**
par Brigitte Coppin
Aliénor d'Aquitaine a dominé l'histoire du XIIe siècle. Reine de France, puis reine d'Angleterre, elle a connu le pouvoir, la gloire et la prison, sans jamais renoncer à ses rêves et ses ambitions. Laissons-la nous raconter son destin...

637 Moi Angelica, esclave **Senior**
par Scott O'Dell
Angelica est capturée en Afrique et vendue comme esclave dans une plantation aux Antilles. Que de souffrances et d'humiliations pour une jeune fille, que de rage aussi, et bientôt la rumeur court à travers toute l'île... Les esclaves se révoltent...

635 Sauvez Willy 3 **Junior**
par Todd Strasser
Jesse est presque un homme désormais. Il n'a rien perdu de sa passion pour les orques, et il travaille avec Randolph pour leur protection. Il retrouve Willy tous les ans. Mais leur route va croiser des pêcheurs prêts à tout pour capturer des orques. Max, un jeune garçon, va les aider de tout son cœur...

634 Yvain, le chevalier au lion **Senior**
par Camille Sander
Yvain, chevalier à la cour du roi Arthur, part chercher l'aventure qui le consacrera aux yeux de tous comme un brave. Un lion le suit partout, compagnon précieux pour affronter dragon, géant et démon qui le guettent...

633 Le petit chaperon rouge à Manhattan **Senior**
par Carmen Martin Gaite
L'histoire du petit chaperon rouge, vous la connaissez ? Oui, mais les temps changent ! Sara vit à Brooklyn, la galette est une tarte aux fraises, la grand-mère une chanteuse de music-hall mariée plusieurs fois, et le loup un pâtissier multimillionnaire...

Cet
ouvrage,
le six cent
soixante-dix-huitième
de la collection
CASTOR POCHE,
a été achevé d'imprimer
sur les presses de l'imprimerie
Maury Eurolivres
Manchecourt - France
en novembre 1998

Dépôt légal : décembre 1998.
N° d'édition : 4504. Imprimé en France.
ISBN : 2-08-164504-1
ISSN : 0763-4544
Loi n° 49-956 du 16 juillet 1949
sur les publications destinées à la jeunesse